UNFLUG

EINE SURREALE REISE

Peter Heinl

UNFLUG

EINE SURREALE REISE

THINKAEON

Thinkaeon®

Thinkclinic® Publications

Thinkclinic® Limited

32 Muschamp Road

GB London SE15 4EF

ISBN 978-1-9998339-4-7

www.thinkclinic.com

drpheinl@btinternet.com

Twitter: @DrPeterHeinl und @Thinkclinic

Facebook: peter.thinkclinic und thinkclinic

LinkedIn: Peter Heinl

Xing: Peter Heinl

Gestaltung und Umsetzung: uwe kohlhammer

Umschlagabbildung: Peter Heinl

Meinen Nachkommen

gewidmet,

verbunden mit dem Wunsch,

die Fantasie und die Faszination

des Surrealen mögen sie auf ihrem Lebensweg begleiten.

Honi soit qui mal y pense

INHALT

An die verehrte Leserschaft

Eine Übereinstimmung mit wirklichen Personen
in der in diesem Buch dargestellten surrealen Reise besteht nicht.

Gäbe es eine solche Übereinstimmung,
so würde es sich um eine ungewöhnliche Art des Zufalls, einen surrealen
Zufall, handeln, für den der Autor um Verständnis bittet.

VORWORT

COME FLY WITH ME

Über eine surrealistische Wortreise

Unflug schildert quer durch die Jahrhunderte die Flugabenteuer eines seltsamen, merkwürdigen und eigenartigen Paares: Hyacinth von Pfefferberg und Florian von Quinz. Dieses Flugabenteuer, das Frank Sinatras Hit *Come fly with me* wörtlich nimmt, ist von liebenswerter Bizarrheit geprägt. Der Grundgedanke des Autors findet wie immer seinen Ausdruck in seiner Liebe zum Wort – seiner Empathie für Sprache, seinem Auf-den-Grund-Gehen von scheinbar Vertrautem. Semantisch Bekanntes wird von ihm analysiert und dekonstruiert, um Neuem entgegenzuhorchen – Neues zu entdecken, Neues zu erlauschen, Neues zu konstruieren.

„Im sozialen Kontext dauert es oft sehr lang, bis ein Übergang vom formalen Sie zum Du erreicht wird – oder manchmal eben auch nie erreicht wird. Gleiches gilt für ein lockeres, ungezwungenes Beziehungsverhältnis", so der Autor.

In seiner Wortreise vollführt der Autor diesen Übergang nie theoretisch oder trocken, sondern stets sinnlich, mit einem ausgeprägten Sinn für skurrile Komik. Für die Namen könnte ein Michael Ende oder ein Erich Kästner Pate gestanden haben. Für die Situationen wiederum die französischen Surrealisten, vor allem an Boris Vians *Der Schaum der Tage* denkt man da, an die synästhetischen Versuche.

Mit wunderbaren Neuschöpfungen wie „Dankstelle"
nimmt Peter Heinl uns auf einen verrückten Flug mit,
der Zeitreise, Freundschaftserziehung und Sprachschule
zugleich ist. Immer wieder denkt man an die berühmten
Lügengeschichten des Barons Münchhausen. Und man
meint sich manchmal in Frederico Fellinis Anfangssequenz
aus *Achteinhalb* wiederzufinden. Der Menschentraum vom
Fliegen – in Peter Heinls surrealer Reise kommen wir ihm
näher.

Fly me to the moon möchte man wiederum einen Sinatra-
Titel zitieren. Und weiter heißt es da: *Let me play among the
stars. Let me see what spring is like. On Jupiter and Mars.*

Peter Heinls Text zeigt uns einen Wortflug und einen
Wortfrühling. Fliegen Sie mit!

Boris C. Motzki   *Mainz, 23.05.2018*

UNFLUG

I

Wir waren schon einhundertundfünf Jahre geflogen. Einfach in der Luft, ohne Propeller und andere Anhängsel. Herr Hyacinth von Pfefferberg flog meist linkerhand von mir. Ich, Florian von Quinz, muss gestehen, vermochte mich nie an seiner Fluguniform sattzusehen. Radieschenhut, eine übergroße, orange-violett gestreifte Feder, die vom Rücken in die Luft stach und die er mit seinem eigenen Sinn für Humor „mein Flugruder" nannte. Und dazu seine Socken. Ich konnte mir nicht helfen. Du meine Güte, welch exotischer Geschmack! Unzählige schwarze Adlerchen mit gespreizten Flügelchen und elfenbeinweißen Schnäbelchen auf atemberaubend lila-farbenem Grund.

„Sehen Sie mich bitte nicht so heftig an", rief mir Herr

von Pfefferberg zu, wenn er wieder einmal bemerkt hatte,

dass ich seine Flugtracht bewunderte. „Seien Sie beruhigt",

entgegnete ich, „ich bewundere nur ihr Flugzeug", womit

ich natürlich das Zeug meinte, das er zum Fliegen trug. „Ich

finde es zeitlos chic."

„Was Sie so sagen", erwiderte Herr von Pfefferberg,

„aber, mit Verlaub gesagt, ängstigt es mich doch und nagt

an meinem Nervenkostüm, dass Sie meine Radieschen

verspeisen wollen. Aber unterstehen Sie sich, Herr von

Quinz, sie anzuknabbern. Entschuldigen Sie bitte, dass ich

gegenüber einer Adelsperson, wie Sie es sind, zu so klaren

Worten greife."

„Ich bitte Sie, Herr von Pfefferberg", konterte ich, „wir

fliegen doch schon so lang nebeneinander her. Haben Sie

Vertrauen, dass ich Ihre Radieschen nicht anbeiße. Sie

sind auch nach Jahrzehnten nicht gereift und noch immer

froschgrün."

„Aber vielleicht haben Sie es auf meine schöne Feder

abgesehen, Herr von Quinz", warf Herr von Pfefferberg

ein. „Zwar ist die Feder nicht essbar. Aber wenn Sie der

Hunger überfällt, kann alles passieren, Sie Federhirsch mit

Kastanienohren – mit Verlaub gesagt."

Herr von Pfefferberg hatte einen Nerv getroffen, ja,

meinen Sprachnerv, sodass ich schwieg. Tatsächlich hatte

ich hin und wieder Gelüste auf die lange Feder. Herr von

Pfefferberg muss es gespürt haben. So entschied ich mich,

die Feder zu verdrängen und gab meinem Inneren die

Anordnung, beflissen den Blick an der Feder vorbeiziehen

zu lassen.

Stattdessen schwenkte ich meinen Blick nach unten in die Tiefe. Ach, was sah ich. Kaum zu glauben: Ozean. Blauer Ozean. So weit ich sehen konnte, blau, vollkommen blau. Kann sich der Ozean nicht einmal anders anstreichen, fragte ich mich.

Schaue ich zu lang auf den Ozean, bekomme ich einen Blaustich, kam mir die Befürchtung. Daher musste ich ab und zu den Blick auf Herrn von Pfefferbergs Radieschen richten, denn sie waren noch immer froschgrün. Wie würde ich mich freuen, wenn sie eines Tages die Neigung zu einer ersten, zarten Rötung zeigten! Aber wie würde es erst sein, wenn sie schwarz würden! Ach, wie lang schon hatte ich kein sattes Schwarz mehr gesehen. Ich vermisste es und verspürte eine plötzliche Sehnsucht nach Schwarz. Es musste wohl eine Attacke von Schwarzsucht sein, wie es in der Fachsprache heißt.

„Sind Sie noch da, Herr von Pfefferberg?", rief ich, bevor ich wieder aufblickte.

„Haben Sie denn keine Augen?", kam prompt Herrn von Pfefferbergs Gegenfrage.

„Doch, doch, Herr von Pfefferberg, gewiss", entgegnete ich, „aber ich bin nicht in der Lage, gleichzeitig nach unten und nach vorn zu sehen."

„Ach, Sie, Sie", und ich ahnte schon Beklemmendes, „ach, Sie, Sie ..." Womit würde Herr von Pfefferberg jetzt aufwarten? Da kam es schon aus seinem Mund: „Sie tulpentrunkenes Elmsenhorn."

Wieder einmal war es Herrn von Pfefferberg gelungen, mich zu treffen, aber wie! Seine Bemerkung saß. Es schüttelte mich heftigst. Denn Herr von Pfefferberg hatte bei mir mit der scharfen Spitze des Wortmessers einen sehr

empfindsamen Nerv getroffen.

Oh je.

II

Einmal vor vielen Jahren, als wir endlos lang im Blind-
flug im Nebel gekreist und sinnlos zwischen verschiede-
nen, unsichtbaren Horizonten hin- und hergetorkelt waren

und fast schon die Gebetsmühle abgeschaltet hatten, hatte

ich Herrn von Pfefferberg offenbart, dass meine Urgroß-

mutter stiefväterlicherseits aus dem Elmsenland stammte.

Allerdings musste sie später nach Tandeldorf am Hinkelsee

auswandern, wo sie leider nie mehr Wurzeln schlug. Dieses

wohlbehütete Geheimnis aus dem Elmsenland flog seitdem

mit Herrn von Pfefferberg umher und damit hatte er mich

getroffen. Aber wie!

Schon so lang flogen Herr von Pfefferberg und ich zwischen Himmel und Erde nebeneinander her. Aber jetzt bereute ich, dass ich damals beim Abflug im Spätherbst 1887, oder war es im März 1888, keine Rüstung auf die Flugreise mitgenommen hatte.

„Wangelchen, Jüngelchen", dies war Tante Eleonores Kosenamen für mich, „die Socken brauchst du nicht zu wechseln, denn die Socken stecken in den Schuhen. Aber einen feschen Anzug solltest du schon haben", hatte sie mir damals nachdrücklich ans Herz gelegt, wobei sie als zutiefst Kaisertreue mit Anzug natürlich eine Rüstung meinte. Denn Rüstung für den Mann und Brüstung für die Frau war der Leitspruch von Tante Eleonore, deren Talent für einfaches, griffiges Denken mich immer wieder beeindruckte.

„Es könnte sein, Wangelchen, Jüngelchen", fuhr Tante Eleonore fort, „dass dir ein Generalfeldmarschall durch die Luftschneise fliegt und nicht die Vorfahrt beachtet, weil er blau ist. Was machst du dann, mein Wangelchen, Jüngelchen?", fragte Tante Eleonore, wobei sie mich ganz fürsorglich ansah, wohl in der Hoffnung, mein Denken in Bewegung zu bringen.

Aber so mächtig ich mich auch bemühte, mein Denken war blockiert. Da es in Tante Eleonores Seelenlabyrinth auch eine empfindsame Stelle gab, spürte sie, dass mein Denken nicht aufzurütteln war und gab mir die erlösende Antwort: „Wangelchen, mein Jüngelchen, freilich, alle Achtung vor Generalfeldmarschällen. Aber du bist nun mal mein kleiner, großer Liebling. So einen mutigen Flieger wie dich in der Familie zu haben, der ohne Mucken in die Luft geht, da habe ich schon mächtig Zopf vor.

Also, Wangelchen, mein Jüngelchen, es ist ganz einfach. Wenn du eine Rüstung trägst und dir die Vorfahrt auf dem

Luftweg zusteht, dann fliegst du einfach schnurgerade weiter.
Später vor dem Militärgericht kannst du wahrheitsgemäß
und aufrichtig beschwören, dass du im Recht warst."

Mit „Ja, aber Tante Eleonore ..." wollte ich ihr etwas zu
bedenken geben. Bevor ich jedoch ausreden konnte, hatte
Tante Eleonore mich schon unterbrochen. Sie hatte eben ein
lebhaftes Temperament.

„Schon gut, mein Wangelchen, Jüngelchen", unterbrach
sie mich in ihrer durchaus bestimmten, aber dennoch
fraulichen Art, da sie herrisch nicht hätte sein können.
„Ich weiß schon, was du denkst. Aber wenn du einfach in
deiner Rüstung mit dem Flieger weiterbraust, wirst du dich
unsterblich machen."

Eine kaum zu beherrschende Perplexität überkam mich.
Welche Originalität steckte in dieser Tante und zudem war

sie ein bis auf die Knochen gestandener Barockmensch, nein, sorry, eine Barockmenschin. Mit einer bewundernswerten Zähigkeit und einem unvergleichlichem Geschick, am Leben zu bleiben. Mir schien, ihr Leben hing all die Jahrhunderte nicht an einem seidenen Faden sondern an einem Stahlseil. Kein Wunder, sie hatte noch 1648 die Friedensglocken zu Ende des Dreißigjährigen Kriegs läuten hören. Dieses Glockenläuten hatte einen unvergesslichen Eindruck auf sie gemacht, denn sie sagte immer wieder einmal, dass Glockenläuten die Seele läutert. Alle Leute sollten regelmäßig Glocken läuten hören, war ihr Credo.

Wie gewandt und anpassungsfähig war ihr Geist. Denn in ihrer dreiundzwanzigsten Lebensphase – sie ging inzwischen rüstigen Schritts schon auf die vierhundert Jahre zu und hatte auch noch keinen Rentenantrag gestellt – hatte sie begonnen, an dem Thema des Friedens Gefallen zu finden.

So war ich gespannt, welche Altersweisheit mir dieses Mal aus Tante Eleonores Mund zuteil würde. Ich wusste, dass Tante Eleonore mit ihrer Gewitztheit und ihrem barocken Temperament selbst erheblich Jüngere an die Wand zu diskutieren in der Lage war. Diese Fähigkeit nannte sie „mein Goldhärchen der Unsterblichkeit", und „das", so fügte sie mit grinsender Entschlossenheit hinzu, „werde ich mir selbst von einem Erzengel nicht ausrupfen lassen".

Ich muss gestehen, dass ich mich zu unfähig fühlte, mir auszumalen, auf welchen Schleichwegen sich Tante Eleonores Denken nun bewegte, um mir das, was sie angekündigt hatte, mitzuteilen. Ich hatte jedoch keinen Zweifel, dass Tante Eleonore, sollte es zu einer Begegnung mit dem Teufel kommen, auch ihn an die Wand diskutieren würde, sodass der Teufel ihr schnellstmöglich den Entlassungsschein aus der Hölle unterschreiben würde, um all die anderen unglückseligen Sünder in Ruhe und ohne die Gefahr eines

Aufruhrs braten zu können. Mit Tante Eleonore in der Hölle hätte selbst der Teufel keine ruhige Nacht mehr gehabt. Zweifellos eine einzigartige Person, die Tante Eleonore.

„Ja, mein Wangelchen, Jüngelchen", ergriff Tante Eleonore nun das Wort, „das freut mich sehr, dass dir die mittelalterliche Tante Eleonore mit ihrer zarten, jungfräulichen Seele noch eine kleine Lebensweisheit auf den Lebensflug mitgeben kann. Nun höre gut zu und spitze die Ohren."

Nun sah mich Tante Eleonore mit einem prüfenden Blick an, auch die Winkelstellung meiner Ohren betreffend, und fuhr dann mit dem Ausdruck der Genugtuung über die Frucht ihrer Überlegungen fort: „Also, mein Wangelchen, Jüngelchen, wenn du mit deiner scharfen Rüstung geradeaus fliegst, weil du im Recht bist, denn wer grün hat, ist immer im Recht", – da fuhr mir blitzartig der Gedanke dazwischen, dass Herr von Pfefferberg vielleicht aus diesem Grund absichtlich mit grünen Radieschen flog, dieser gewitzte Luftluchs – „ja", fuhr Tante Eleonore fort, „und du fliegst einfach geradeaus und der Generalfeldmarschall hat keine Rüstung an, dann trifft eben Metall auf, sagen wir, feine Seide aus Macao, und dann – und dies haben wir nicht nötig, hier näher auszubreiten, du verstehst schon mein Wangelchen, Jüngelchen – dann gibt es halt zwei Generalfeldmarschall-Hälften, nicht wahr?"

„Aber Tante Eleonore", wandte ich nun ein, als habe mein Denken ruckartig seine Blockade abgeschüttelt, „worin liegt hier mein Anspruch auf unsterbliche Verdienste?"

„Siehst du, mein Wangelchen, Jüngelchen, so kannst du doch noch etwas von deinem barocken Tantchen, das jetzt bald ihr Mittelalter zu Ende gelebt hat, lernen und auf deinen Lebensweg mitnehmen. Wenn du den einen

Generalfeldmarschall in zwei Generalfeldmarschall-Hälften verwandelt hast, dann werden sich die beiden Hälften natürlich nicht gut stehen. Kein Generalfeldmarschall, das kann ich dir aus meiner langen Lebenserfahrung sagen – und ich habe ja nun weiß Gott mehr Kriege erlebt, als ein Christbaum Zweige hat –, kann einen anderen Generalfeldmarschall wirklich ausstehen. Also werden sie sich gegenseitig bekämpfen. Dann bedarf es nur noch eines kleinen Zwischenfalls, vielleicht in Form einer Dame mit allzu reizvollen, rein friedfertigen Attributen", und da zwinkerte mir Tante Eleonore schelmisch zu, „dann müssen sich die beiden Generalfeldmarschälle duellieren und, mein Wangelchen, Jüngelchen, da sie das Pistoleschießen sehr wohl gelernt haben, werden sie sich gegenseitig mit tödlicher Sicherheit treffen und dann gibt es keinen einzigen Generalfeldmarschall mehr, sondern nur eine große Trauerfeier und", und erst jetzt dämmerte mir die geschichtliche Tragweite von Tante Eleonores Scharfsinn, „dann, mein Wangelchen, Jüngelchen, wird es keinen Krieg mehr geben. Denn wie kann es einen Krieg ohne Generalfeldmarschälle geben? Schlichtweg unmöglich."

Meine Bewunderung für Tante Eleonore kannte keine Grenzen. Aber zu meinem großen Bedauern habe ich damals nicht auf sie gehört. Ich war leichtsinnig und hob ohne die schwere Rüstung in die Luft ab.

III

Herrn von Pfefferbergs Anspielung hatte mich bis unter die Seelenhaut getroffen. Hätte ich damals nur auf Tante Eleonore gehört. Wie gern würde ich ihr jetzt sagen, wie weitsichtig ihr damaliger Rat gewesen war.

Aber Tante Eleonore lag nach ihren Warnungen wegen einer Unpässlichkeit der linken großen Fußzehe zwanzig Jahre im Sterben. Eines Tages stand sie aus dem Bett auf, wurde unwirsch mit sich selbst und sagte: „Ich habe genug vom Sterben. Es ist mir zu langweilig. Heute abend geh ich noch einmal tanzen."

Sie tanzte wild und barock zu Händel und Elvis Presley, den sie anhimmelte, und kippte sich einen zu viel, wie man so sagt. Auf dem Nachhauseweg stolperte sie, trat in einen rostigen Nagel, zog sich eine Vergiftung des Geblüts zu und posaunte innerhalb weniger Stunden ihre Seele in den Wandschrank.

Es entsprach ganz ihrer Art, so die Reise ins Jenseits anzutreten. Der Teufel erschrak sich mächtig, als ihm zugefaxt wurde, dass Tante Eleonore im Anmarsch sei. „Lieber einen Pack Generalfeldmarschälle", soll er ausgerufen haben, „die befördere ich zu Obergeneralfeldmarschällen und dann ist Ruhe im Zinnober. Aber bei Tante Eleonore, da muss selbst ich die Waffen strecken. Wir müssen sie sofort durchschleusen", stammelte er mit bleichgewordenem Schwanz zu seinem mit einem stattlichen Gehörn ausgestatteten Feldweibelchen, das heftig bemüht war, den gleichen Ruf wie der Teufel zu erwerben.

„Aber wie?", schrie es reichlich verstört, „aber wie, wie ...?" Auch der Teufel war einen Moment ratlos und verfluchte die Entscheidung des Senserichs, Tante Eleonore nicht noch am Leben gelassen zu haben.

„Dieser Senserich", jammerte der Teufel, „er will mir wieder mal eins auswischen mit dieser Kundschaft. Er hätte Tante Eleonore ruhig tausend Jahre alt werden lassen können. Solche Leute, die mit ihren Vorstellungen hier unten nur den Laden durcheinanderbringen, kann man doch da oben lassen. Ich werde es ihm heimzahlen."

Einige Zeit überlegte sich der Teufel, ob er Tante Eleonore wiederbeleben sollte, aber dies würde die Gewerkschaft Druck und Druckpapier gegen ihn aufbringen, da sie Tante Eleonores Todesanzeige schon gedruckt hatte, sowie auch die Halbmastflagger, die ganz verdutzt gewesen wären, weil sie keine Wiederauferstehungsfahne hatten.

So verwarf der Teufel die Wiederbelebungsidee und kam zu dem Schluss: „Wir müssen Tante Eleonore so schnell wie möglich durch unsere Rezeption durchmanövrieren. Sie darf keineswegs in die VIP-Lounge gelassen werden, wo die ganzen Generalfeldmarschälle über ihren verlorenen Siegen brüten. Um Himmels willen nicht. Tante Eleonore würde sie alle enthörnen und dann habe ich hier keine Generalfeldmarschälle mehr."

„Da kommt mir eine Idee", sagte der Teufel zu seinem treuen Feldweibel, „du verbindest Tante Eleonore die Augen. Dann wickeln wir sie in Packpapier und schicken sie per Eilboten und Nachnahme in den Himmel."

„Eine tolle Idee", antwortete das treue Feldweibel ergeben und rollte longitudinal mit den Augen, „aber wenn Tante Eleonore trotzdem nicht im Himmel ankommt?"

„Dann haben wir die Belege", erwiderte der Teufel.

Wie unhöflich ging man doch mit Tante Eleonore auf ihrer letzten Reise um.

IV

Ich habe keinerlei Zweifel, dass sich Tante Eleonore schnell wieder aufrappelte. Petrus wird im Umgang mit Tante Eleonore gewiss dazugelernt haben. Aber vielleicht ließ er Tante Eleonore gar nicht in den Himmel und vielleicht wanderte sie auf einen fernen Kometen aus und amüsierte sich, auf dessen Lichtschweif durch das Weltall zu brausen, und strahlte mit ihrem trotz der Jahrhunderte jung und charmant gebliebenen Lächeln, mit dem sie gewiss die Planeten aus ihrer Umlaufbahn und vielleicht sogar um ihren Verstand bringen würde.

V

„Herr von Quinz", klang es zu mir aus leicht nord-westli-cher Richtung bei Windstärke 3.785 und zu einer Tageszeit, die ein Fluglaie als verspätete Frühstückszeit bezeichnen würde, entgegen, „Herr von Quinz, warum halten Sie so lang den Mund?"

„Aber Herr von Pfefferberg, Sie sagen doch häufig in Ihrer ausgesucht höflichen Art, ich möge gefälligst meinen Mund halten. Wenn ich meinen Mund halte, spreche ich Ihnen doch aus der Seele", entfuhr es mir.

„Herr von Quinz, das sage ich Ihnen doch nur in Ihrem eigenen Interesse. Sie wissen, dass ich schon länger in der

Luft bin als Sie und so weiß ich, dass, wenn Sie ihren Mund nicht halten, er Ihnen herunterfallen könnte."

„Und dann?", fragte ich verdutzt.

„Herr von Quinz, das habe ich Ihnen schon so oft erklärt, dann haben Sie keinen Mund mehr und wenn Ihr Gebiss einem Seemann auf den Kopf fällt, der gerade im Meer umhergurkt, dann können Sie sich auch noch eine Anzeige wegen Körperverletzung einhandeln."

Ich erschrak. Herr von Pfefferberg musste tatsächlich Gewichtiges in seinem Leben erlebt haben, um solche Eventualitäten zu bedenken.

„Also, werter Herr von Quinz, halten Sie in Ihrem eigenen Interesse Ihren Mund, wenn Sie ihn aufmachen. Das ist es, was ich sagen will", sprach Herr von Pfefferberg und sagte es im Ton eines freundlichen Vormunds.

„Ich danke Ihnen", antwortete ich artig. Auch hoch oben in der Luft wollte ich Zeugnis von meinem guten Benehmen ablegen und nicht in Luftlöcher der Unhöflichkeit sacken.

„Ja, also bitte, sagen Sie doch etwas, Herr von Quinz. Fassen Sie sich ein Herz und kurbeln Sie die linguistische Orgel an", fuhr Herr von Pfefferberg in einem Ton fort, als bereite er sich auf eine Sprachorgie von mir vor. Herrn von Pfefferbergs Aufforderung war nur eines von vielen Beispielen dafür, dass ein Flugzeuger, wie er, Herr von Pfefferberg, es in hohem Stil nun einmal war, auch ein Wortakrobat sein konnte. Und zudem freischwebend mutig, ohne Trampolin.

„Wissen Sie, Herr von Quinz", fuhr Herr von Pfefferberg nun in einem Ton fort, in dem die Pfötchen der Ungeduld so dezent durchschimmerten wie Pantheraugen im Dunkeln, „wenn Sie nicht den Mund aufmachen, dann flitzen wir noch

Jahrhunderte goldschweigend durch die Häufchenwolken.

Das wäre doch wirklich zu langweilig. Bei diesem Gedanken

zittert sogar meine Ruderfeder." Ich sah es und es machte

mich beinahe ein bisschen hungrig.

Ich schwieg noch immer.

Aber wieder hatte Herr von Pfefferberg mein Schweigen

bemerkt. Verdammt.

„Herr von Quinz, nur dass Sie mir um Himmels willen

keinen Appetit auf meine Feder bekommen. Ich habe es

Ihnen schon mehr als einmal gesagt."

Dieses Mal jedoch hatte ich eine passende Antwort parat.

Wie lang hatte ich auf meine Chance warten müssen. Aber

nun stieg sie aus dem Meer der Einfalt. „Sie wissen doch,

Herr von Pfefferberg, dass Sie mir immer wieder das Gleiche

sagen können und doch passiert nichts, absolut nichts."

Meine Antwort hatte ihre Wirkung nicht verfehlt. Herr von Pfefferberg war geplättet. Ich sah es daran, dass die Adlerchen auf den Socken unruhig mit den Flügelchen raschelten. Ich sah auch, dass sich ein Tropfen Schweiß an Herrn von Pfefferbergs Achillesferse bildete und sich nach einigem Hin und Her in das Meer stürzte, als gäbe es dort nicht schon genug Wassertropfen.

Ich wusste, es arbeitete nun in Herrn von Pfefferberg. Es würde ihm keine Ruhe lassen, bis er nicht eine passende Antwort gefunden hatte. Bisher war er zu mir wie ein Vormund gewesen. Ich meine es im wohlmeinenden Sinn, wobei Herr von Pfefferberg gewiss Recht und das letzte Wort haben wollte. Deswegen hätte er vor dem Jüngsten Gericht ein gutes Schlussplädoyer gehalten, aber wehe, wenn dann noch jemand hätte einen Einwand vorbringen wollen.

Jetzt aber arbeiteten in ihm die geistigen Turbinen, die vielen kleinen Rädchen, flinken Knipsschalterchen, glänzenden Kupferdrähtchen und schnuckeligen Silikonchips und überhaupt alles, was er an langen Erfahrungen fliegend in sich aufgesogen hatte.

Und wie es arbeitete! Zwar konnte ich nicht in ihn hineinschauen und es war auch besser, dass ich es nicht konnte. Aber ich konnte es an den Schweißtropfen sehen und merkte es an seinem gewaltigen Schweigen. Äonenschweigen nannte ich es, wie wenn Eisberge vor sich hinschweigen und von schmelzender Liebe träumen. Ich durfte Herrn von Pfefferberg jetzt keinesfalls stören und warum sollte ich ihm nicht seine Chance geben? Ich hatte meine Chance gehabt und es wäre unfair, Herrn von Pfefferberg spüren zu lassen, dass er vielleicht seine letzte verpasst hatte.

Wir wollten ja noch einige Zeit, also mindestens bis ins nächste Jahrtausend, weiterreisen. Die Radieschenreifung würde ich mir nicht entgehen lassen wollen. Dafür würde ich auch das langweilige Meeresblau in Kauf nehmen. Herr von Pfefferberg war bislang immer eine Überraschung wert gewesen. Einiges hatte ich inzwischen von ihm gelernt, wie beispielsweise meine Federlust zu zügeln und so hoch oben in der Luft, wo niemand mich sehen konnte, Haltung, das heißt Liegung, zu bewahren, denn wir flogen Bauchlage, und immer einen klaren Kopf zu bewahren, ohne allzu sehr ins Sentimentale, und überhaupt Mentale, abzugleiten.

„Meereswasser unter mir, Meer, was wär' ich ohne dir", summte ich zu mir. Lyrisches Exposé, blausinngewalkt, kam es mir in den Sinn. Warum sollten hier oben in der dünnen Luft nicht auch einmal die Bachstelzen auftänzeln. Immer nur durch Häufchenwolken brausen und auf Kurs bleiben, konnte nicht der umfassende Sinn der Existenz sein. Ich brauchte auch geistig Nahrhafteres, Faustisches sozusagen, wie beispielsweise Faust aus dem Schicksalsbecher trank oder den Bäumen bis tief in die Wurzeln schaute.

Aber über Fausts Umgang mit dem Teufel war ich mir unsicher. Da hatte ich schon großen Respekt vor Tante Eleonore. Ich brauchte Gewürziges, Nächte tiefer Gedanken, geysirisch angehaucht, dionysisch vermurmelt und von den Musen umfächelt und natürlich in Orientparfüm getunkt. Denn auch Reflexionen sollten einen exquisiten Duft ausstrahlen.

Schräg vor mir tat sich noch immer nichts. Die Bananen wackelten immer noch grün im Wind und erzeugten ein aerodynamisches Geräusch wie Maikäfer in Pumphosen. Die Feder schien weniger aufgeregt und die vielen Adlerchen hatten sich beruhigt, aber Herr von Pfefferberg balsamierte sich noch immer in Schweigen ein und blieb undurchdringlich wie eine Nuss. Es war nichts zu machen. Er brütete im

Windsand der Äonen und wartete vor dem Podest der

Sphinx. Seien Sie auf der Hut, Herr von Pfefferberg, hätte ich

ihm sagen können. Aber in dem Zustand, in den er getaucht

war, hätte er es wohl nicht gehört.

VI

So verbrachte ich lieber die Zeit damit, über mein Tagebuch nachzudenken. Denn ab und zu schrieb ich durchaus

Tagebuch. Es war nicht ganz einfach bei diesen Flugverhält-

nissen, aber ich tat es. Vielleicht würde ich später meine

Erinnerungen aus der Luft publizieren können, natürlich auf

Luftpostpapier, aber ich brauchte das, was ich schrieb, viel-

leicht erst später zu lesen, wenn ich als Exluftler im Lehn-

stuhl mit aerodynamisch gestylten Sesselohren sitzen und

mir der Wind meines aufgeregten Lebens durch die inneren

Gemächer pfeifen würde, während ich dachte, dass wohl

jeder Mensch ein genauso aufregendes Leben gehabt haben

musste wie ich.

Dann würde ich meine Vergangenheit entblättern können wie einen Salatkopf und mir all die Fragen stellen, die ich mir bislang noch nicht habe stellen können. All die Schicksalsfragen, wie: Wie und warum bist du damals vor fünfzig Jahren im Bermudadreieck nicht um ein Grad mehr nach links abgebogen, als um dieses eine Grad weniger geradeaus zu fliegen? Es wäre alles so ganz anders gekommen.

Aber Herr von Pfefferberg hörte damals nicht auf mich. Ich war noch nicht selbstbewusst genug, um entschlossen in meinem Sinn weiterzufliegen. Mir kam die selbstkritische Frage: Wieso eigentlich nicht? Ich grübelte für Monate. Monate meines Lebens, ja, Jahre, Jahrzehnte habe ich unnütz vergrübelt. Jahre, die ich auch niemals mehr einfliegen konnte. Kostbare Passagen des arienhaften Segelns gingen durch das Grübeln für immer verloren.

Schade. Nibelungenhaft schade. Ade für immer. Mir fehlen die Worte.

Aber Tante Eleonore würde ich schon liebend gern einen Blumenstrauß auf das Grab legen. Ach, Mensch, Tante Eleonore treibt sich ja woanders herum, fällt mir gerade ein. Vielleicht auf einem Kometenschweif. Vielleicht übt sie da hoppe, hoppe Reiter.

Ich hoffe, sie würde mir nachsehen, dass ich immer noch keinem Generalfeldmarschall vorfahrtsberechtigt über den Weg gefahren bin.

„Nur Mut, mein Wangelchen, Jüngelchen", würde sie wohl sagen, „du wirst noch mannbar werden."

Was meinte Tante Eleonore wohl mit mannbar? Ich weiß es nicht. Tante Eleonore hatte nun einmal ihre eigene, barocke Ausdrucksweise. Aber die Hoffnung in mich gab sie nie auf. Sie war in ihrem Wesen gänzlich anders als die Loreley. Tante Eleonore hätte wirklich tausend Jahre alt werden sollen. In dieser Zeit hätte sich auch der Teufel nicht an die Oberfläche getraut. Vielleicht hätte Tante Eleonore ihn sogar dazu verdonnert, dass er ihr Trauzeuge wird, wenn sie im reifen Alter den Weg zum Traualtar beschritten hätte. Wie ich Tante Eleonore kenne, wäre ihr Gatte gewiss ein paar Jahrhunderte jünger gewesen als sie. Tante Eleonore hätte ihn sicher „mein Jünger" genannt, denn wer mag es nicht, angebetet zu werden?

Aber wen hätte Tante Eleonore heiraten können? Eine schwierige Frage. Ich glaube, selbst Rübezahl hätte sich Bedenkzeit erbeten. Vielleicht den Heiligen Geist, freilich auf Probe? Oder sie hätte einen kleinen Seemann geheiratet, weil sie so gern segelte. Das Segeln war für Tante Eleonore ein Segen.

Immer zuversichtlich bleiben, hätte ich zu Tante Eleonore

gesagt. „Tante Eleonore, was macht man, wenn die Ampel

auf Grün ist?", hätte ich ihr gesagt. „Das habe ich von dir

gelernt. Immer mit Vollbraus mittendurch." Da hätte sie

herzhaft gelacht.

VII

Aber was tut Herr von Pfefferberg?

Er hat wohl etwas gesagt. Was ich aber nicht mitbekommen habe, weil mich meine eigenen Gedanken so beanspruchten.

„Haben Sie etwas gesagt, Herr von Pfefferberg?", rief ich gegen den Wind.

„Ach, hören Sie denn nicht, Sie Spandelklecks?", kam Herrn von Pfefferbergs Antwort.

„Entschuldigen Sie bitte, Herr von Pfefferberg, ich habe mich wohl so sehr auf das Mundhalten konzentriert, dass ich auch die Ohren gehalten habe."

„Nun, Herr von Quinz, ich bitte Sie, übertreiben Sie nicht völlig", und dieses Mal klang in seiner Stimme schon eine Besorgnis mit, „ich wollte Ihnen doch nur auf ihren vorherigen Kommentar antworten."

„Ja, selbstverständlich, Herr von Pfefferberg, ich bin gespannt."

„Gut, das freut mich. Das ist eine echte Einstellung."

„Einstellung von was?", fragte ich zurück.

„Das ist jetzt nebensächlich", war Herrn von Pfefferbergs knappe Antwort.

„Das kann ich so stehen lassen", erwiderte ich. Ich meinte es auch so, wie ich es glaubte, gemeint zu haben.

„Herr von Quinz, Ihre Antwort vorhin hat mich zu dem Schluss gebracht, dass zu der Form von Dummheit, wie Sie sie in ersprießlichen, aber gerade noch tolerablen Dosen von sich geben, eine besondere Form der Intelligenz gehören muss."

Ich war verblüfft.

„Und deswegen haben Sie so lang darüber nachgedacht, Herr von Pfefferberg?"

„Ja, prezisamente", entgegnete Herr von Pfefferberg in gepflegtem Dante-Italienisch. Denn er war nun einmal beflogen und gebildet und beides gleichzeitig.

„Ich verstehe, capito capitano", schob ich schnell nach und bemerkte, dass ihn dieses Wortspiel aufrichtig erfreute.

„Darf ich Ihre freundliche Antwort als ein Kompliment auffassen?", wagte ich einen unversehens mutigen Vorstoß, ja beinahe Vorflug, denn ich schob mich einige Luftzentimeter näher an Herrn von Pfefferberg heran.

„Das dürfen Sie."

„Ich danke Ihnen, Herr von Pfefferberg, im Sinn des Ehrenkodexes des Luftadels."

„Bleiben bitte Sie auf dem Boden, ich meine in der Luft der Tatsachen, Herr von Quinz", ergänzte Herr von Pfefferberg mit leicht vormundlichem Beigeschmack.

„Ich verstehe Sie vollkommen", entgegnete ich und war davon überzeugt.

„Übrigens darf ich Ihnen noch eine kleine Überraschung mitteilen", fügte Herr von Pfefferberg in ausersucht höflichem Ton hinzu.

„Was meinen Sie, Herr von Pfefferberg, wenn ich mir diese Frage erlauben darf?", fragte ich ihn.

„Ich habe mich, Herr von Quinz, entschlossen, Sie mit sofortiger Wirkung zu befördern."

„Wie bitte?", hakte ich nochmals nach. „Was meinen Sie, Herr von Pfefferberg?"

„Genau, so wie ich sagte, Herr von Quinz. Sie sind befördert."

„Aber, Herr von Pfefferberg, Sie wollen doch damit nicht sagen, dass Sie mich neben ihren grünen Bananen und der Feder und dem Luftgeschwader an Adlerchen auch zu befördern beabsichtigen?"

„Sie verwegener Dummkopf der Kategorie 1A", lachte Herr von Pfefferberg lauthals und ohne die geringste Andeutung, sich der Tatsache bewusst zu sein, mit seinem Lachen über das Ziel hinausgeschossen zu sein. „Ich meine Beförderung im übertragenen Sinn."

Meine Verwirrung war vollkommen. Wollte er, Herr von Pfefferberg, mich von einer Meereswüste zur andern befördern, dieses erfahrene Luftwiesel?

Aber schließlich musste Herr von Pfefferberg meine große Verwirrung wohl gespürt haben. „Nein, beruhigen Sie sich, Herr von Quinz. Ich meine Beförderung in dem Sinn, dass Sie in ihrer Karriere einen Sprung weiterkommen."

Mit diesem Hinweis sank ich jedoch noch tiefer in den Schlund der Verwirrung. Karriere, was sollte das bedeuten? Womit drohte mir Herr von Pfefferberg jetzt? Es klang mir schlichtweg zu Lateinisch. Beinahe wäre ich in dunklen Gedankenstrudeln untergegangen. Aber da griff mir Herr von Pfefferberg mit einer Aufklärung hilfreich unter die zitternden Arme meines flatternden Selbstwertgefühls.

„Herr von Quinz, ich kann Ihnen nicht alles im Einzelnen erläutern. Es würde zu lang dauern und wir wollen doch nicht die ganze Zeit verreden. Ich wollte Ihnen die Zusage machen, dass Sie ab jetzt einmal im Monat, und zwar bei Vollmond, neben mir auf gleicher Nasenhöhe fliegen dürfen, damit Sie in den Genuss einer besseren Aussicht kommen, auch auf den Mond. Wenn Sie sich bewähren, gibt es Spielraum für Verbesserungen. Haben Sie mich verstanden?"

„Ja", antwortete ich gerührt. Ich spürte, dass der Zufall

ein neues Kapitel meiner Existenz aufgeschlagen hatte.

Wenn nur jetzt die Bananen nicht zu spät reifen. Das möchte

ich noch unbedingt erleben. Ohne schwarze Bananen ins

Grab zu steigen. Ein unmöglicher Gedanke.

Dann lieber die Karriere opfern.

VIII

Herr von Pfefferberg hielt seine Zusage. Ich durfte erstmals vorn fliegen. Das Meer unter mir, blau. Vor mir der Himmel, blau. Über mir der Himmel, blau. Alles blau. Leider, muss ich gestehen, zu viel blau für mich. So war ich froh, auch wieder hinten zu fliegen. Das Bananengrün war eine Erlösung. Beförderung ist ein zweischneidiges Schwert. Beförderung einmal im Monat würde ich gerade noch verkraften.

So wich ich regelmäßig auch wieder ins zweite Glied. Jahrzehntelange Übung hatte meinen Knochen, Sehnen, Gelenken und Muskeln jene besinnungslose Geschmeidigkeit vermittelt, um die mich jeder Propeller beneidet hätte.

Auch Folgendes sollte nicht unerwähnt bleiben. Sowohl Herr von Pfefferberg als auch ich verbrannten fast alle Energien und waren ein beispielloses Vorbild für abgas- und schlackenfreies und höchst umweltschonendes Fliegen.

Nur einmal im Jahrzehnt ließ es sich nicht umgehen, einen Abstecher über den Pol zu machen, und zwar wegen des Ozonlochs, das wie eine riesige, luftige Toilettenschüssel in die Stratosphäre eingebaut ist. Dank der starken Windverhältnisse war es offengestanden immer zugig, wenn wir unseren Ablass entrichteten. Aber wir bissen die Zähne zusammen und waren tapfer.

Es ist ein offenes Geheimnis, dass zunehmend intensiv am Pol geforscht wird. Zahlreiche Forschergruppen stochern im Schnee und Eis der Jahrtausende, um die Einzigartigkeiten dieser Region unter Augenschein zu nehmen. Wir dachten uns, dass es für die unter harten Bedingungen arbeitenden

Forscher aufregend sein musste, hin und wieder auf unseren Ablass zu stoßen, weil sie vermuten durften, es handele sich um sensationelle Hinterlassenschaften der *Pterosauria*, sogenannter Flugdrachen, die in diese Gegend geflogen waren, um einmal sauberes Eis zu schlecken.

Jedenfalls waren wir immer erleichtert, wenn wir unser Jahrzehntgeschäft erfolgreich erledigt hatten. Herr von Pfefferberg war dann stets besonders gut aufgelegt, auch wenn die Bananen für kurze Zeit tiefgefroren waren und eisig grün schimmerten – eine kleine Bereicherung für meine fiebernden Farbensinne.

IX

„Herr von Quinz, was denken Sie denn gerade?", mit diesen Worten trafen mich die akustischen Wellen von Herrn von Pfefferbergs Neugier, und zwar aus einer Richtung, die einem Winkel von drei Grad Abweichung von der Vorwärtsrichtung entsprach.

Verdammt. Warum erwischte Herr von Pfefferberg mich gerade in einem Moment, als ich an nichts dachte, ja, ich mich geradezu bemühte, an nichts zu denken. Aber nun saß ich in der Klemme, gezwungen, Wortvolles von mir geben.

Welchen Eindruck würde ich sonst hinterlassen, zudem in dieser einsamen Höhe, in Rufweite des Monds? Aber es half nichts, ich musste Verbales von mir geben.

„Herr von Pfefferberg, ich danke Ihnen für Ihre höfliche Nachfrage", sagte ich voller Stolz über meine wohlerzogene Wortwahl. Vielleicht, so meine stille Hoffnung, würde Herr von Pfefferberg nicht gemerkt haben, dass ich seiner Frage aus dem Weg geflogen war. Leider hatte ich mich zu früh gefreut.

„Ich danke Ihnen für Ihre Einleitung, Herr von Quinz, und sehe gespannt dem nächsten Kapitel entgegen", antwortete Herr von Pfefferberg mit betonter Gelassenheit. Er war eben immer noch auf Draht, dieser mit allen Wassern gewaschene Flugelch. Es war nichts zu machen. Ich musste weiterhin höllisch aufpassen, vor allem, wenn er entschlackt flog. Er verfügte tatsächlich über Welten an Bildung, ja ganze virtuelle Bibliotheken. Ich staunte, wo er all dieses Wissen aufgesogen hatte. Er musste während seiner Schulzeit wirklich für das ganze Leben gelernt haben. Er würde noch im Alter von Zweihundertundneunzig spielend leicht ein

Begabtenstipendium erhalten. So war ich hier in dieser extremen Höhe, bei Nordwind und den Schneewirbeln, die durch den Aufschlag des Ablasses von unten hochgestiegen waren, diesem unersättlichen Bildungsdrachen ausgeliefert. Ich saß im Windkanal seines Scharfsinns. Was sollte ich ihm nun antworten?

„Herr von Pfefferberg, darf ich Sie um Bedenkzeit bitten?"

„Das dürfen Sie, Herr von Quinz, sofern Sie sie zum Denken nutzen", kam prompt Herrn von Pfefferbergs Antwort. Dieser Fallensteller. Ich wollte doch Bedenkzeit, weil ich nicht wusste, was ich denken sollte, und nun wollte mir Herr von Pfefferberg den Fuchsbau gleich wieder zustopfen.

Aber da flog mir ein rettender, listiger Gedanke zu.

„Herr von Pfefferberg, ich danke für Ihr freundliches

Entgegenkommen."

„Selbstverständlich, gern geschehen", unterbrach

mich Herr von Pfefferberg mit kühler Höflichkeit, bevor

ich meinen Satz zu Ende sprechen konnte: „Ich werde die

Bedenkzeit nutzen, um über Sie, werter Herr von Pfefferberg,

nachzudenken."

„Welch angenehme Überraschung", machte sich Herr

von Pfefferberg anheischig und raschelte dabei leise mit

dem Klingelbeutel seiner Gefühle, „es rührt mich außer-

ordentlich, was Sie sagen."

Ich muss sagen, Herrn von Pfefferbergs Worte muteten

echt an, und ich hoffte, dass er trotz der Rührung in der

Lage sein würde, weiterhin den Geradeauskurs einhalten zu

können. Denn ich hatte offensichtlich das Tabu der Rührung gebrochen.

Offensichtlich hatte Herr von Pfefferberg bislang immer über alles Mögliche, aber nicht über sich selbst nachgedacht. Aber was hätte er angesichts seiner immensen Bildung Besseres tun können, als sich durch das Gehölz seines Wissens zu wagen, ohne Zeit mit sich selbst zu verlieren.

Nun hatte ich mich allerdings anerboten, über ihn nachzudenken. Und so war Herr von Pfefferberg gerührt und es ließ mich nicht unberührt, dies bei einem älteren Herrenflieger mitzuerleben.

Was jedoch würde geschehen, würde mir nichts einfallen? Mir blieb nichts anderes übrig, als auf die guten Dienste einer Muse zu hoffen. Vielleicht könnte ich sie als Gegenleistung für hilfreiche Ideen zu einer Badekur in einem Marskrater einladen. Sie würde sich dann in einem Kratersee tummeln und ich würde endlich einmal dazu kommen, meine Socken zu waschen.

Wie schön wäre es, wenn Herr von Pfefferberg seine Frage einfach vergessen würde. Da flog ich, glitt in Gedankenlosigkeit dahin und schon wurde ich von völlig überflüssigen Nachfragen darüber, was ich gedacht hätte, aufgeschreckt. Hätte ich doch nur gesagt, ich hätte über das Nichtdenken nachgedacht! Vielleicht hätte dies Herrn von Pfefferberg beeindruckt und hätte dann mächtig in ihm gearbeitet. Denn der Gedanke, dass man auch über das Nichtdenken nachdenken könne, war ihm wohl noch nie gekommen, ebenso wie der Gedanke, dass man über ihn, Herrn von Pfefferberg, nachdenken könnte.

Natürlich hätte ich schon früher darauf kommen können, Herrn von Pfefferberg das Angebot zu machen, über ihn nachzudenken. Ich war wieder einmal zu langsam gewesen. Schon Tante Eleonore hatte mir orakelhaft prophezeit: „Mein Wangelchen, Jüngelchen, du wirst einmal lang reifen."

Was Tante Eleonore damit meinte, hatte ich damals nicht verstanden. Ich dachte, ich würde irgendwann meine Farbe ändern, wie bei den Bananen. Vielleicht war mein Faible für die Bananenfarbe ein Überbleibsel aus dieser Zeit. Tante Eleonore hatte schon manchen erstaunlich scharfen Durchblick. Sie sagte auch: „Wangelchen, mein Jüngelchen, du wirst es nicht glauben, aber manche Leute, müssen sogar in der Hölle noch nachreifen." Dann lieber rechtzeitig reifen, dachte ich mir und strampelte schneller mit der linken Flugzehe.

Aber leider nützte mir Tante Eleonore nichts, wenn ich meine Bedenkzeit damit verbrachte, über Herrn von Pfefferberg nachzudenken. Ob ich dafür letztlich auch eine

Anerkennung bekommen würde oder ein gutes Flugzeugnis,

wenn wir im nächsten Jahrtausend wieder einmal landeten?

Aber noch immer fiel mir nichts ein. Muse, Turteltäubchen,

komm bitte schnell, ganz schnell. Tunke meine Hirnscheiben

in Gedankensauce, blase mir Wagemut in den Scheitel,

schnurre mir um den Jahrhundertbart, bitte, bitte.

Aber nichts regte sich. Nichts außerhalb und nichts

innerhalb von mir. Unter mir lag nur das Meer in seiner Bläue

und vor mir der Himmel in seiner himmelblauen Ewigkeit.

Aber mir fiel nichts ein.

Ich könnte sterben, verglühend durch die Stratosphäre

fallen, die Beobachtungen der Astronomen und Feldstechler

durcheinanderbringen und all die unerfüllten Wünsche, die

beim Anblick einer Sternschnuppe ausgesprochen werden,

unerfüllt bleiben lassen. Ich könnte mitten in der Luft hängen bleiben und am Galgen der Schwerelosigkeit baumeln. Ach, ich könnte, ich weiß nicht mehr, mir fiel nichts mehr ein. Es kam auch keine Lösung von außen und die ganze Anstrengung war vergebens.

Warum hatte mich Herr von Pfefferberg nur in eine Ecke gedrängt und warum war ich nur leichtfertig in die Falle getapst? Es fiel mir nichts ein zu diesem Bananenhengst, zu diesem Federflieder, diesem Adlerfänger, diesem Schwebegeist mit der Lichtfilmbibliothek, diesem lautlosen Ablasser, diesem Wortakrobaten, diesem Weisheitsspeicher, diesem Vorflügler, diesem messerscharfen Gedanken-schneider, diesem Brotkorb der Hellenen, diesem Spartakus der Lüfte, diesem Weltrandabschürfer, diesem Weltallsüchtigen, diesem zeitlosen Stratosphärenschimmel.

Ich wusste gar nichts mehr. Was sollte ich Herrn von Pfefferberg nur sagen, wenn er mich fragte? Ach, Muse,

Musilein, Musispinni, Musi-Mausi, Spinnrad, Klapperlein, bitte, bitte, hilf mir, erlöse mich. Was sollte ich nur sagen, wenn mich Herr von Pfefferberg fragte, wie ich die Bedenkzeit genutzt habe?

Bitte vergiss mich nicht, dein Flugtäubchen, das so denklos durch das All zieht, bitte vergiss nicht dein Stratosphärenfischlein mit den süßen unschuldigen Schuppen. Wirf mir eine goldene Gedankennuss zu oder einen sprühenden Gedankenfunken, was auch immer, damit mir einfällt, was ich Herrn von Pfefferberg sagen kann, sonst bleibe ich hier mit leeren Gedankentaschen hängen und – wenn jemand an mir vorbeifliegt und mich sieht –, welch trauriger Anblick eines Flugzeugers, dem nichts eingefallen ist.

X

„Herr von Quinz, darf ich mir die Frage erlauben, wie es Ihnen geht?", kamen Worte von leicht vorn mit näsigem Gegenwind. Es war kaum zu fassen. Herr von Pfefferberg wollte wissen, wie es mir geht.

„Möchten Sie wissen, wie es mir jetzt geht, Herr von Pfefferberg?", hakte ich nach.

„Genau."

„Aber, Herr von Pfefferberg", und hier hatte ich den Strohhalm einer Chance erwischt, „Sie wissen doch als exakt denkender Mensch, dass das Jetzt schon in dem Moment vorbei war, als Sie es aussprachen. Und wenn Sie dann noch die zeitliche Verzögerung, die dem Transport der Schallwellen zuzuschreiben ist, berücksichtigen, fällt es mir schwer, Ihre Frage zu beantworten, weil sie in sich widersprüchlich ist."

Ich war gespannt auf Herrn von Pfefferbergs Antwort.

„Herr von Quinz, mein aufrichtiges Kompliment. Ich glaube, Ihre Beförderung ist Ihnen gut bekommen und der scharfe Wind, der von vorn ins Gesicht weht, hat Ihre Sinne spürbar geschärft. Ich denke, das Vertrauen, das ich in Ihre Entwicklung seit der Krise von Marokko im Jahr 1905 gesetzt hatte, hat sich vollauf gerechtfertigt. Sie haben die Flagge des Probetags hoch gehisst und hoch gehisst heißt hoch gemastet bzw. gemästet", fügte Herr von Pfefferberg in sibyllinischer Untermalung seiner Aussage hinzu.

„Ich", fügte Herr von Pfefferberg in dem feierlichen

Tenor eines Domkapitulars hinzu, der gerade vor einer

blonden Schönheit ein Eingeständnis abgelegt hatte, „ich

muss zugeben, dass Sie dieses Mal im Recht sind. Sie haben

noch ein Quentchen folgerichtiger gedacht als ich und somit

erlasse ich Ihnen auch den Auftrag, für heute noch weiter

zu denken. Sie dürfen sich und Ihrer gedanklichen Akrobatik

für heute eine Ruhepause gönnen."

XI

In mir wirbelte das Enzephalogramm mächtig Staub auf.

Die Hirnströme erregten sich in kühnen Entladungen. Ein

beispielloses Feuerwerk elektrischer Funken jagte über die

Furchen meiner Denkäcker. Die feinen Gefäße strotzten vor

roten Blutkörperchen. Meine *Glandula pinealis*, zu deutsch

Zirbeldrüse, fieberte und sandte Wogen der Erleichterung in

meine schüchterne Seele.

Ich war erlöst von dem Auftrag, über ihn, Herrn von

Pfefferberg, weiter nachzudenken und doch hatte die

Erlösung von dieser Pflicht den für meine Gedanken

vorgesehenen Kessel erst richtig zum Kochen gebracht. Du

meine Güte, es dampfte aus meinen Ohren. Meine Federn

standen zu Berge. Meer blau, Himmel und Überhimmel blau, Bananen froschgrün, es spielte keine Rolle mehr. Ein Wunder geschah, bislang verschlossene Gedanken öffneten sich wie Kelche, gebadet in Liebfrauenmilch.

„Herr von Quinz, wie geht es Ihnen 3,75 Millisekunden, nachdem meine Frage bei Ihnen angekommen ist und, wie ich hoffe, Ihre Gehörschnecke in teilnahmsvolle Schwingungen versetzt hat?", kam es mir aus dem Mund des Herrn von Pfefferberg entgegen.

Auch dieses Mal vermochte ich einer Antwort nicht zu entgehen. „Herr von Pfefferberg, ich danke für Ihre Anteilnahme. Ich denke, ich kann es nicht in Frage stellen. Es ist alle Erwartungen Sprengendes geschehen: Ich denke."

„Herr von Quinz", kam nach einer leichten Verzögerung Herrn von Pfefferbergs Antwort, verbunden mit der

Wiederholung der Anrede „Herr von Quinz", und einer weiteren kleinen Verzögerung. „Sie erstaunen mich heute. Dergleichen habe ich in mehr als zwei Millionen Flugstunden nicht erlebt und nehme mit höchster Genugtuung zur Kenntnis, dass es sich um ein Ereignis von historischer Dimenson handelt. Nämlich dass Sie, Herr von Quinz, einen unmissverständlichen Beweis dafür abgelegt haben, dass Sie denken. Die Karotte ist gereift, um es mithilfe eines Bildes zum Ausdruck zu bringen. Ich gratuliere Ihnen auf das Außerordentlichste. Sie haben einen solchen Glückwunsch mit Flug und Recht verdient. Wir sollten anhalten, um dieses Ereignis zu feiern."

Welch großherzige Gratulation! Welch großzügiger Vorschlag zu feiern, umso mehr, als wir seit unserem Abflug kurz vor dem Ende des 19ten Jahrhunderts noch nie gefeiert hatten. Würde ich nicht schon in der Luft fliegen, so hätte ich vor Freude in die Luft gehen können. Vielleicht würde sogar Tante Eleonore von ihrem Kometenschweif ablassen und für einen feierlichen Drink vorbeikommen.

Sie würde uns zwei unermüdlich durch das Luftmeer Reisende schon orten. Herr von Pfefferberg war aus der Ferne an seiner Feder zu identifizieren. Mich würde Tante Eleonore an meinem rosaroten Denkwölkchen erkennen.

Wäre es nicht wunderbar, würden alle im All beginnen zu denken? Es sollten dann millionenfach Tankstellen zum Auftanken des Denkens und als andächtige Orte des Dankes für das Denken, sogenannte Dankstellen, errichtet werden.

XII

Die Zeit verging, ohne sich aufhalten zu lassen. So waren
einige Jahrzehnte vorübergezogen. Es mochte um die Mitte
2050 gewesen sein. Die Feier war spartanisch gewesen, aber
unvergesslich. Die Jahrtausendwende hatten wir aus der
Luft erlebt. Unter uns hatte man offensichtlich viel Aufhe-
bens daraus gemacht. Alltag im All war für uns, Herrn von
Pfefferberg und mich, immer der gleiche Blautopf oder, bil-
dungsbürgermäßiger ausgedrückt, eine Symphonie in Blau,
und so segelten wir ungetauft im leisen Lispeln der Lüfte
dahin.

Erfreulicherweise ließ sich jedoch beobachten, dass wir
uns näher gekommen waren. Ich kam jetzt zweimal im Monat

nach vorn an die Luftfront. Herr von Pfefferberg zog sich dann ein Stückchen zurück, um mir das Gefühl der vollen Verantwortung zu geben. Anfänglich fühlte sich meine Nase einsam an und ich bekam Anwandlungen von Nasenwehmut. Eine kleine Nachtmusik nannte Herr von Pfefferberg das Gefühl des einsamen Vorfliegens.

Manchmal wünschte ich mir einen Rückspiegel zur Erleichterung meines Fliegens. Als ich dies ansprach, entgegnete Herr von Pfefferberg nur knapp: „Herr von Quinz, wissen Sie, Ikarus flog auch ohne Rückspiegel."

Ich ließ dann den Gedanken an den Rückspiegel fallen und konzentrierte mich auf die Entwicklung meiner extraokularen Rückwärtswahrnehmung, was allmählich zu einem zufriedenstellenden Erfolg führte.

In unserem hundertdreiunddreißigsten Jahr der gemeinsamen Luftfahrt bot mir Herr von Pfefferberg unerwartet an, bei der Anrede auf das Attribut Herr zu verzichten und nur meinen Namen mitsamt des Adelstitels anzuführen.

„Ich habe hierüber lang räsoniert", hob Herr von Pfefferberg eines Morgens an, als wir dem Lächeln der Morgenröte entgegenflogen, „und bin zu der Auffassung gelangt, dass ein solcher Schritt, womit ich den Übergang von dem Format einer Herr-Anrede zu einer gewissermaßen herrenlosen Anrede meine, nicht nur im Einklang mit umfassenderen, gesellschaftlichen Prozessen zu sehen ist, sondern auch eine Widerspiegelung unserer sich unter der begünstigenden Anteilnahme des Weltalls entwickelnden Flugkameradschaft darstellt."

Da ich bezüglich meines Denkvermögens erfreuliche Fortschritte im Sinn neuronaler Reifungen verzeichnen konnte und sich auf meiner Birne auch schon die ersten goldgelben Flecken zeigten, erschloss sich mir Herrn von Pfefferbergs Aussage sofort. Ich konnte mit Genugtuung verzeichnen, dass ich in Herrn von Pfefferbergs gütigem Windschatten herangewachsen war und brauchte, um mich bildhaft auszudrücken, meine denkerische Glühbirne nicht mehr unter den Scheffel zu stellen.

Ich war gerührt, ja, darf gestehen, dass mir Herrn von Pfefferbergs Prunkstück an Vertrauensbezeugung beinahe zu groß erschien. So bat ich Herrn von Pfefferberg um Verständnis angesichts der Langsamkeit des Verkraftens seiner großmütigen Geste aufgrund eines genetisch bedingten Phlegmas.

So trug ich Herrn von Pfefferberg folgenden Vorschlag vor: „Darf ich, werter Herr von Pfefferberg, vielleicht einen Fünfjahresplan vorschlagen, und zwar in der Form, dass ich jedes Jahr einen Buchstaben des 'Herr' bzw. 'Herrn' weglasse, bis nach fünf Jahren der Zustand der herrenlosen Anrede erreicht wäre?"

„Herr von Quinz, eine umwerfende Idee", kam Herrn von Pfefferbergs unmittelbare Antwort, wobei er sich vor Begeisterung überschlug und ein Kompliment nach dem anderen aufreihte, „einfallsreich, sprachmutig, verwegen, gewitzt, dolchig gespitzt, ja, tempelhaft kühn."

Ich vermag im Einzelnen gar nicht wiederzugeben, mit welcher Fülle an Lob mich Herr von Pfefferberg überschüttete, und gestehe, dass ich mich an diese Episode mit besonderer Herzenswärme erinnere.

XIII

Es muss um das Jahr 2100 gewesen sein, als ein neues Kapitel der persönlichen Annäherung anbrach. Die herrenlose Anrede war inzwischen zur Gewohnheit geworden. Den Sprung in das Du hatten wir jedoch noch nicht gewagt.

Wir beide dachten, ohne viel zu reden. Im Klartext hieß dies, dass ich dachte und dachte, dass auch Herr von Pfefferberg dachte.

„Von Pfefferberg, wie sind Sie eigentlich zur Flugzeugerei gekommen?", fragte ich mich eines Tages so laut, dass er es auch hörte, sodass ich meine Frage nicht mehr für ungeschehen erklären konnte.

„Diese Ihre Frage hat gewiss eine persönliche Dimension.

Da ich Sie jedoch als einen durchaus vertrauenswürdigen und verschwiegenen Menschen kennengelernt habe, der nicht jede Kleinigkeit, und schon gar nicht jedes ihm anvertraute Schatzkästlein, unter die Leute ausplaudert, bin ich bereit, Ihnen mich in dieser Richtung zu offenbaren."

Ich konnte es nicht verhindern, dass eine leichte Errötung über mein Gesicht huschte, die sich gegen den Blaustich der Atmosphäre ins Violette verfärbte. Ich hörte schon das Rascheln des Schlüssels zu dem Schatzkästlein des Persönlichen, als Herr von Pfefferberg mit einem Seufzer begann.

„Von Quinz", wobei schon in dieser Anrede leise schmerzliche Lebenserfahrungen mitschwangen, „ich muss Ihnen gestehen, ich bin ein Rentenflüchtling."

„Wie bitte?", entfuhr es mir mit einer Spontaneität, die nicht einmal Zeit für die Erwähnung seines Namens ließ.

„Ja, so ist es", antwortete Herr von Pfefferberg viersilbig.

„Ach so", sagte ich, als hätte ich begriffen, was Herr von Pfefferberg meinte.

„Ja, von Quinz, so war es. Als ich einhundert Jahre alt war, wollte man mich zwangsberenten. Eigentlich hätte ich schon im Alter von fünfundsechzig Lenzen in den Rentenstand abgeführt werden sollen. Aber ich habe jede Einberufung zur Altersüberprüfung mit der Ausrede umgehen können, dass ich mich heute, das heißt zum damaligen Prüfungstag, schon im Jenseits aufhielte, also im Totenstand sei, und der zuständigen Behörde, dem Altersüberwachungsamt, eine unglaubliche, ich meine, unbeglaubigte Sterbeurkunde zugeschickt.

Diese Vorgehensweise funktionierte einwandfrei, sodass ich mich der Zwangsberentung entziehen konnte. Aber eines Tages, um meinen hundertzwanzigsten Geburtstag herum, flog die Angelegenheit auf und ich wurde wegen wiederholter, vorsätzlicher, unerlaubter und unbeglaubigter Fälschungen von Tödlichkeitsbescheinigungen vor den Kadi gezerrt. Da es mir dann leider nicht mehr möglich war, mich totzustellen, wurde ich zu schwerer Haft in einem Umerziehungslager für besonders renitente Fälle von Rentenwiderstand verurteilt.

Fünf Jahre wurden mir damals verpasst, stellen Sie sich vor, von Quinz", wobei es mir nicht schwerfiel nachzuempfinden, wie nah ihm, Herrn von Pfefferberg, diese gerichtliche Angelegenheit damals gegangen sein musste, „da der Staatsanwalt in seinem Plädoyer die Meinung vertrat, man müsse wohl mit fünf Jahren Umerziehung rechnen und außerdem müsse man ein Exempel statuieren. Es ginge nicht, dass einige Leute wie ich unpensioniert herumlungerten. Das versaue die Statistik, führte er aus. Ja, das war die genaue Wortwohl des Staatsanwalts, stellen Sie sich das vor, von Quinz.

Das muss ich Ihnen auch noch sagen, von Quinz. Der Richter fragte mich zum Schluss, ob ich von meinem Recht Gebrauch machen wolle, noch eine Stellungnahme abzugeben. Ja, sagte ich, Herr Richter, ich nehme Ihr Angebot gern wahr."

„Und was haben Sie dann gesagt, von Pfefferberg?"

Dieses Mal hatte ich aufgrund unserer langjährigen Luftschicksalsgemeinschaft keinerlei Zweifel, dass ich mit einer Überraschung zu rechnen hatte.

„Was ich dem Richter gesagt habe, fragen Sie? Hand aufs Herz, von Quinz. Was würden Sie in einer solchen Situation sagen? Was würden Sie sagen?", und Herr von Pfefferberg sah mich mit seinen Falkenaugen und den auf seinem Haupt

grün mit gelblichen Anwandlungen schwankenden Bananen

durchdringend an. „Versetzen Sie sich in meine Bredouille,

von Quinz. Was würden Sie sagen?"

„Von Pfefferberg, keine Ahnung. Keinen blassen

Schimmer. Ich weiß es nicht. Aber ich bin sicher, Sie haben

etwas Ungewöhnliches gesagt."

Da ging ein leises Schmunzeln über das Gesicht des

Pfiffikus der Lüfte und eine Erleichterung zog über die

von dem großen Ungemach der damaligen Ereignisse

gezeichneten Gesichtszüge.

„Dieses Mal haben Sie leider daneben gedacht, von Quinz.

Ich habe etwas durch und durch Gewöhnliches gesagt."

Ich vermochte meine Neugier kaum noch zu zügeln, als Herr von Pfefferberg fortfuhr. „Ich habe nämlich nur ein einziges Wort gesagt."

„Und was war das?", fragte ich, kaum noch die innere Spannung beherrschend.

„Flugzeug."

„Du meine Güte", entkam es mir.

„Da haben Sie in vollem Umfang Recht, von Quinz. Meine Antwort schlug wie eine Bombe im Gerichtssaal ein. Alle Anwesenden waren erschüttert, dass dieser einhundertzwanzigjährige Rentenwiderständler dasteht und seine letzte Chance wie eine Kokosnuss verspielt."

„Und dann, von Pfefferberg. Was geschah dann?"

„Die Anwesenden waren so erschüttert und holten ihre Taschentücher heraus. Und diesen Moment der papierraschelnden Verwirrtheit, werter von Quinz, nützte ich aus und verabschiedete mich schleunigst aus dem Gerichtssaal.

Ich rannte in Blitzeseile zum nächsten Flughafen, immer ein bisschen schneller als der Haftbefehl, und checkte ohne Koffer ein. Die Bananen und die Feder waren im Handgepäck. Beim Kauf des Tickets sagte ich, ich bräuchte nur ein einfaches Ticket, weil ich Vorahnungen hätte und genau wüsste, dass ich sowieso abstürzen würde. Da vergaß die Dame am Ticketschalter vor lauter Schreck, meinen Scheck einzukassieren.

Ich stieg ins nächste Flugzeug und habe dann über dem großen Wasser die Stewardess gebeten, sie möge bitte schleunigst die Flugzeugtür aufmachen, ich könnte diese erbärmliche Styroporluft nicht mehr ab. Das tat die werte Dame auch, nachdem ich ihr zu verstehen gab, dass, wenn sie es nicht täte, ich nie mehr mit Luftgeier, das war der Name der Fluggesellschaft, fliegen würde.

Vorher brachte ich meine Bananen noch magnetisch auf Hochglanz, sensibilisierte die Feder für die Bestimmung der Windrichtung und die Adlerchen auf Abgang und hüpfte in die Tiefe, denn angeblich kann man, wenn man aus dem Flieger springt, nicht in die Höhe hüpfen.

Es war alles sagenhaft tintenblau. Um mich herum war nur Blau. Ein Wonnebad an Blau. Ich fühlte mich frei. Es war wunderschön. So habe ich mich einige Jahrzehnte als nicht umerziehbarer Rentner zwischen Himmelsbläue und Meeresbläue vergnügt.

In diesen Jahren konnte ich einiges in das Wunderhorn meiner Lebenserfahrungen hineinstopfen. Es war alles so erfreulich und reizvoll, umso mehr, als auch blaue Engelchen ihre Neugier nicht unterdrücken konnten, den zwischen Wellen- und Wolkenmeer umherschwirrenden Pseudorentner einer näheren Betrachtung zu unterziehen.

Jedenfalls habe ich die seitdem verflossenen Jahre nicht mehr so genau gezählt. Auch auf die Uhr schaue ich nicht mehr so genau. Die Uhr im Weltall bleibt ohnehin dauernd stehen. Es gibt eben seit dem Urknall im All keine gescheiten Uhrmacher mehr. Aber ich verspüre auch keine Neigung, das Weltall zu reformieren.

Aber wissen Sie, von Quinz, die Laune hat dichtgehalten, lichtblusig und äonisch-fidel, muss ich Ihnen sagen. Ich möchte mit niemandem tauschen. Der Haftbefehl steht zwar immer noch aus. Würde man mich fangen und festnehmen, blühen mir noch tausend Jahre Umerziehung. Aber man wird mich nicht fangen. Zur Not schalte ich auf supersonar um, sollte man versuchen, mich mit Düsenjägern einzufangen.

Als ich Ende des letzten Jahrhunderts eine Zwischenlandung einlegte, hielt ich mich verdeckt. Aber dann stieß mich der Zufall auf Sie. Seitdem treiben wir beide uns zusammen in diesem Weltallstall herum.

Sehen Sie, von Quinz, so sind Sie schon lang, ohne es zu wissen, mit einem Pensionärsflüchtling alias Rentenwiderständler herumgekreist." Mit diesen Worten schloss Herr von Pfefferberg seinen Bericht über diese bemerkenswerte Episode aus seinem Leben und schmunzelte zufrieden.

„Ich hoffe", fügte er hinzu, „Sie werden mich nicht anschwärzen."

„Auf keinen Fall, absolut nicht, von Pfefferberg.
Höchstens die Bananen könnten Sie anschwärzen", und wir
beide lachten wie noch nie.

„Sie sind schon ein Stratosphärenjuwel, von Pfefferberg",
sagte ich ihm.

„Ein linguistischer Wohlschmauch", entgegnete mir Herr
von Pfefferberg. „Ich fasse das als ein Kompliment auf."

„Das dürfen Sie, Sir", anwortete ich im tadellosen Stil des
Luftadels. Es freute Herrn von Pfefferberg über die Maßen
und wir konnten noch ein Jahrzehnt vor Lachen kaum an uns
halten.

XIV

„Von Pfefferberg, sollten wir nicht einmal landen?", fragte

ich ihn eines Tages im Jahr 2200 im Anblick einer besonders

reizvoll geschminkten Morgenröte.

Herr von Pfefferberg war perplex.

„Von Quinz, wie kommen Sie auf diese Idee?"

„Das weiß ich nicht, von Pfefferberg, es war wohl eine

spontane gedankliche Überwältigung."

„Und was für eine", konterte Herr von Pfefferberg. „Ich

muss Ihnen gestehen, ich habe bei all der vielen Fliegerei nie

mehr ans Landen gedacht. Da ich nur einmal, gegen Ende des

neunzehnten Jahrhunderts landete, habe ich es schon fast vergessen. Ich müsste wohl mentale Exerzitien durchführen, wenn Sie darauf bestehen", sagte er in seinem gehobenen Fliegerlatein.

„Nun, es war nur ein spontaner Einfall", entgegnete ich. „Was mich betrifft, ist es keine dringende Angelegenheit. Wann immer die rechte Zeit gekommen sein mag."

Mir war klar, dass ich ohne Herrn von Pfefferbergs Einwilligung nie würde landen können. Ich ging auch nicht davon aus, dass es Jahrzehnte dauern würde, bis Herr von Pfefferberg zu landen willens war, obgleich eine Landung risikobehafteter war als das Gleiten durch die Wolken.

Aber da es sich fügte, dass mir auch eine andere Frage in den Sinn kam, sprach ich sie aus, obgleich sie in eine völlig andere Richtung als das Landungsthema deutete.

„Von Pfefferberg, haben Sie jemals etwas in Ihrem Leben bereut?"

Ich ging davon aus, dass sich Herr von Pfefferberg eine längere Denkzeit erbitten würde, aber selbst nach einer so langen Zeitspanne gemeinsamen Flugs wartete der Langzeitflieger noch immer mit neuen Überraschungen auf.

„Ja, in der Tat", schnellte er zurück.

„Oh", entfuhr es mir, da ich überzeugt war, dass Herr von Pfefferberg mit großer Gelassenheit und ohne das endemisch weit verbreitete, beschwerliche Gefühl des Bedauerns durch die Himmelsregionen geflogen war.

„Von Quinz, ich will Ihnen gegenüber angesichts unserer langen gemeinsamen Flugbewältigungen ehrlich sein und Ihnen einen kleinen Einblick in meine Seelenräume oder zumindest das Vorzimmer derselben gönnen. Es gibt durchaus ein Vorkommnis, das mich gereut hat, und dies war schon so in dem Moment, als es geschah oder eben nicht geschah."

Herrn von Pfefferbergs Aussage klang rätselhaft und sozusagen typisch pfefferbergisch.

„Möchten Sie mir Ihr Herz ausschütten, von Pfefferberg?", redete ich ihm fürsorglich zu.

„Nein", lächelte Herr von Pfefferberg, „so wild ist es auch wieder nicht. Es ist einfach eine Krume der Reue."

„Sie können es mir gern sagen, von Pfefferberg. Dass das Mitteilen Balsam für die Seele sein kann, gilt auch im Königreich der Lüfte."

„Sie haben vollkommen Recht, von Quinz", antwortete Herr von Pfefferberg, um nach einer Pause mit leicht verklärtem Blick hinzuzufügen, „was ich bereue, ist die Tatsache, dass ich damals, als ich mich aus der Luftgeier-Maschine ins Blaue warf, nicht auch die Stewardess an der Hand gehalten habe, um sie im freien Sprung herzhaft um ihre Hand anzuhalten und ihr im gleichen Atemzug das Versprechen einer festen Anstellung als Beifliegerin zu geben", wonach Herr von Pfefferberg einen noch nachdenklicheren Eindruck als zuvor erweckte.

„Es mutet wie ein echtes, bedauerliches Versäumnis an", sagte ich.

„Ja", bestätigte Herr von Pfefferberg ohne Zögern.

„Aber, von Pfefferberg, was hat es mit der Anstellung als Beifliegerin auf sich?"

„Ach, wissen Sie, von Quinz, Sie haben sich, wenn ich das so deutlich ansprechen darf, seit Sie in die Lüfte abgehoben haben, prächtig entwickelt. Aber dies ist vielleicht ein Feld,

auf dem es Ihrerseits noch Nachholbedarf gibt. Wissen Sie,

die Position einer Beifliegerin leitet sich von dem Ihnen

wohl vertrauten Umstand ab, dass es in unserem Flugleben

die Erscheinungsform des Schlafs, der bekanntlich recht

willkürlich den Rest der Menschheit mit regelmäßiger

Sturheit überfällt, nicht gibt. Wir Fliegerwesen halten

nur alle Jahrzehnte mal ein Nickerchen und werden dabei

ohnedies nichts versäumen. So ist Beifliegen eine gelungene,

evolutionäre Anpassung an den schlaflosen, fliegerischen

Kontext."

Offensichtlich hatte Herr von Pfefferberg Recht, wenn er

meinte, dass ich noch einen spürbaren Nachholbedarf hatte.

Denn seine Erläuterung klang mir rätselhaft.

„Und wenn ich fragen darf, worin besteht der

Unterschied?", fragte ich Herrn von Pfefferberg kurzerhand.

„Nun, für heute will ich mich kurz fassen, von Quinz. Bei allem Respekt vor Ihren stillen Reserven, die Sie tunlichst und in bewundernswertem Maß unter Beweis gestellt haben, denke ich, dass es für heute genug der Lektion ist, wenn ich Sie davon in Kenntnis setze, dass ein wichtiger Unterschied neben den bereits erwähnten Unterschieden in der Intensität der Flatterei besteht, die sich im Ablauf des Geschehens manifestiert. Und hierbei möchte ich es belassen."

Dies war auch gut so, denn ich spürte, dass ich wirklich Bedenkzeit brauchte und auch froh darüber war, dass Herr von Pfefferberg sie mir gewissermaßen gewährt hatte.

XV

Im folgenden Jahrzehnt fügte es die Hand einer glück-
lichen Fügung, die auf dem festen Fundament einer sehr
langen Kooperation zwischen uns beiden beruhte, dass
Herr von Pfefferberg mir, von Quinz, eine theoretische Ein-
weisung in die Kunst des Beifliegens gab. Denn ich war auf
diesem Gebiet, das für den Fluglaien von zu enormer und
erstaunlicher Komplexität ist, als dass eine Darstellung in
einem beschränkten Rahmen möglich wäre, noch – um mich
der Fliegersprache zu bedienen – nicht flügge.

Da ich die Erdrinde schon im zarten Jünglingsalter
verlassen hatte, hatte es das Schicksal beschieden, dass
ich mir bislang fehlende theoretische Kenntnisse unter der

Anleitung von Herrn von Pfefferberg aneignen durfte, der in

diesem Zusammenhang, und dies hervorzuheben ist mir ein

Bedürfnis, sich in einer Art und Weise artikulierte, die die

Aura des Vormundschaftlichen abgestreift hatte. So durfte

ich mich nach dem Abschluss von Herrn von Pfefferbergs

Unterrichtungen zu dem Thema des Beifliegens erheblich

aussichtsreicher fühlen als noch 1888 oder 1889, als ich den

Sprung in die Lüfte gewagt hatte.

Völlig unerwartet leitete dieser Wissenssprung auch ein

neues Kapitel in meiner Luftbiografie ein. Denn eines Tages,

als die Bananen merklich angegelbt waren und die Adlerchen

friedlich schlummerten, berichtete Herr von Pfefferberg,

dass er von der besagten Stewardess geträumt und dies

zum Anlass genommen habe, gezieltere Maßnahmen zur

Überwindung seiner damaligen, reuigen Unterlassung

einzuleiten.

Herrn von Pfefferbergs Vorschlag war für mich zweifellos eine Überraschung. Aber nach jahrzehntelangen Aussprachen war es möglich, zu einer Übereinkunft zu kommen, sodass ich Herrn von Pfefferbergs Vorschlag mit Sinn für dessen Sinn akzeptieren konnte.

Der Vorschlag bestand darin, die Stratosphäre in zwei Parzellen aufzugliedern. Die eine würde er selbst, in seinem unnachahmlichen Flugzeug und getrieben von dem Wunsch nach der Versöhnung seiner Reue, abfliegen mit dem erklärten Ziel, potenzielle Beifliegerinnen zu orten.

In der anderen Parzelle würde mir die Möglichkeit gegeben, die erlernte Theorie in die Praxis umzusetzen, eingedenk der Devise, dass gut geflügelt schon halb gewonnen sei. Aber ich möge mich bitte nicht verflattern, war Herrn von Pfefferbergs ebenso wohlmeinender wie herzenswarmer Rat.

Darüber hinaus verblieben wir so, dass wir uns einmal im Jahrzehnt zu einem Zeitpunkt besonderer Mondsüchtigkeit zu einem kleinen Erfahrungsaustausch und einem Herumlöffeln in der Erinnerungsbuchse über dem Meer treffen würden.

Herr von Pfefferberg versprach mir auch, dass er immer noch über das Landen nachdenke, denn er wolle nicht im Bewusstsein in das Weltall zischen, dass ich für immer dazu verurteilt sein würde, dem Meer ins blaue Auge sehen zu müssen, ohne jemals landen zu können. Das versprach er mir fest und ich wusste, er würde mich nicht in der Luft hängen lassen.

Sollte es der Zufall wollen, dass fliegerischer Zuwachs erschiene, würde man eine Luftparty veranstalten und dafür sorgen, dass das kleine Geflügel schon frühzeitig luftlustig würde. Das würde auch eine denkbare, zukünftige

Auswanderung in fernere Ecken des Weltalls erleichtern, da man nicht wüsste, wie lange die Stratosphäre dichthalten würde.

XVI

Bei unserem letzten Treffen kam Herr von Pfefferberg gerade von einem längeren Ausflug zurück. Ich hatte mich über einer Meeresregion aufgehalten, deren Langeweile mir inzwischen ans Herz gewachsen war.

Herr von Pfefferberg schien in der Verfassung einer ausgesprochen guten Laune zu sein, sodass ich mir ein Herz fasste, ihm eine Frage zu stellen, die mir seit Längerem durch den Kopf gegangen war und von der ich hoffte, dass sie ihn nicht vor den Kopf stoßen würde, nämlich wie er zu seinem ungewöhnlichen Nachnamen gekommen sei.

„Wie nett, dass Sie mich fragen! Gern gebe ich Ihnen die erwünschten Auskünfte. Meine Eltern zählten auch schon zum Adelsstand, jedoch mit einem kleinen Unterschied der Art, dass der Nachname meiner Eltern von und zu Eierhügel lautete.

Ich bin meinem Schicksal für immer dankbar, dass beide Eltern außerordentlich tolerante Menschen waren, sodass sie mir zu meinem fünften Lebensjahr die Erlaubnis gaben, selbst zu bestimmen, ob ich meinen elterlichen Nachnamen behalten oder mir einen eigenen aussuchen wollte.

Können Sie sich das vorstellen, von Quinz, welche Toleranz hier zum Tragen kam? Ich fand es toll, weswegen ich bis heute das Wort Toleranz immer mit zwei l's schreibe, nämlich: Tolleranz!

Ich muss gestehen, dass ich bei dem Nachnamen von und zu Eierhügel nie so recht wusste, ob es sich hierbei um einen Hügel von Hühnereiern oder sonstigem Fluggetier handelte und ob die Eier roh, gekocht, gerührt oder gespiegelt waren, weswegen ich mich nach längerem Nachdenken für den Nachnamen von Pfefferberg entschied, auch weil ich vermutlich schon in jungen Jahren das Gefühl hatte, mich nicht so ganz stromlinienförmig in die konventionelle Gesellschaft einfügen zu können und vielleicht eines Tages mein Glück in dem Land zu versuchen, wo der Pfeffer wächst. Und dann käme mir der Name von Pfefferberg sehr gelegen.

Nun, von Quinz, einen Blick in das Vorzimmer meiner Seelenräume hatte ich Ihnen schon vor geraumer Zeit gestattet. Mit diesen Auskünften haben Sie einen kurzen Blick in meinen Seelensalon werfen dürfen. Vielleicht haben Sie auf dem runden Esstisch des Seelensalons eine Karte mit dem in großen Buchstaben geschriebenen Satz *National schreibt man mit t und niemals mit z* aufgestellt gesehen? Ist

Ihnen diese Karte aufgefallen?

Es ist ein Satz meines Vaters, der mir, als ich von zu Hause

wegflog, noch die Worte mit auf die Reise gab: „Hyacinth,

denke immer daran, dass man nur einen kleinen Buchstaben

ändern muss, um die Welt aus den Angeln zu heben und gar

zu zerstören. Behalte daher neben den großen sehr wohl

auch die kleinen Dinge im Auge."

Ich nahm das, was Herr von Pfefferberg mir anvertraut

hatte, dankbar und nachdenklich gestimmt entgegen und mit

dem sicheren Gefühl, ich würde es nicht vergessen.

Zu meiner Freude zeigte sich Herr von Pfefferberg im

Übrigen zuversichtlich, dass sich doch noch eine Versöhnung

seiner reuigen Unterlassung einstellen würde, bevor die

inzwischen gelb leuchtenden Bananen der Schwärze der Reifung zustrebten.

Was mich betraf, so wusste ich, dass die Wandlung von der Theorie zur Praxis Geduld und ein reiches Maß an Zuversicht erforderte. Dennoch spürte ich so angenehm in meinem linken Flugknochen, dass sich eines Tages ein ferner Punkt am Horizont als die Erscheinung entpuppen würde, die den Schlüssel zum Flattern in der zarten Elfenbeinhand halten würde.

Ich durfte einem aufregenden Leben entgegensehen und ich wünschte Herrn Hyacinth von Pfefferberg, diesem pfiffigen Weltallbürger, nach langer Zeit erlebnisreicher, sphärischer Gemeinsamkeiten, ihm sei seitens des Schicksals das Gleiche vergönnt.

XVII

Es lag in der Natur des jahrelangen Zusammenfliegens mit Hyacinth von Pfefferberg, dass die Gedanken des Öfteren nicht nur zur Vielzahl gemeinsamer Erlebnisse zurückpendelten, sondern ihren Blick auch in die Zukunft richteten, obgleich die Zukunft, wie es nun einmal ihre Eigenheit ist, ihre Karten bedeckt hielt.

Dies hinderte mich jedoch nicht daran, mir auszumalen, wie es Hyacinth von Pfefferberg wohl ergehen würde. Er hatte nun schon so lang gelebt, dass es nicht auszuschließen war, dass er das Ziel eines ewigen Lebens erreichen würde, wozu eine reizvolle Beifliegerin zweifellos einen nachhaltigen Beitrag leisten würde.

Sollte ihm das Erreichen eines ewigen Lebens nicht

vergönnt sein, so ging ich davon aus, dass er noch etliche

Jahrhunderte weiterleben würde, gewiss sehr viel länger als

die Epoche, die derzeit als die Moderne bezeichnet wird.

Hyacinth von Pfefferbergs viele Jahrhunderte umfassende

und überspannende Biografie würde gewiss ein Bestseller

werden und aufgrund ihrer Einzigartigkeit Generationen von

Historikern und Historikerinnen beschäftigen, aber natürlich

auch medizinisch und psychologisch Beschlagene, die sich

bemühen, das Wunder der Langlebigkeit zu ergründen.

Dass Hyacinth von Pfefferberg jemals dem Rentenstand

beitreten würde, vermochte ich mir beim besten Willen

nicht vorzustellen. Aber vielleicht würde er sich auch als

Rentenloser eines Tages niederlassen wollen, wobei ich

vermute, dass seine Wahl auf das Land fallen würde, von

dem er schon in der Kindheit träumte, nämlich das, in dem der Pfeffer wächst.

Was die Beherbergung seiner Gebeine betrifft, einschließlich der einzigartigen Fluguniformutensilien, die mir in lebhafter, farbiger Erinnerung geblieben sind, so ist es meine Fantasie, dass sich Hyacinth von Pfefferberg als letzte Ruhestätte aus Ehrfurcht vor seinen Ahnen und deren Namen einen ei-förmigen Hügel aussuchen würde, verbunden mit der testamentarisch dokumentierten Bitte, man möge einen Kreis von Pfefferbäumen um seine Grabstätte pflanzen.

Ich würde dann während der Trauerfeierlichkeiten in meinem Flieger als Ausdruck ehrfürchtiger Kondolenz über der Grabstätte Ehrenrunden kreisen und aus einer Silberdose weiße Pfefferkörner streuen, die wie sanfte Schneeflocken auf das Grab niederrieseln würden.

„Hyacinth, leb wohl", würde ich dann, weit aus dem Fliegerfenster gelehnt, nach unten in die Tiefe rufen, mir sehr wohl bewusst, dass es das erste Mal gewesen wäre, dass ich Herrn von Pfefferberg mit seinem Vornamen angeredet hätte.

Ich vertraue jedoch darauf, dass er, Hyacinth von Pfefferberg, mir diesen couragierten Schritt in die höchst persönliche Form der Anrede nachgesehen hätte, vielleicht schmunzelnd und mit den Worten: „Schon gut so, Florian. Was lang dauert, währt am Längsten. Wir werden uns zu gegebener Zeit ohnehin wiedersehen. Übrigens bastele ich schon an einer überirdischen Flugmaschine. Hier oben gibt es schöne Aussichten und jede Menge reizvoller Engelchen mit lieblichen Flügeln. Ich versuche einen Flieger mit zehn Sitzen zu konstruieren. Dann können wir auch Engelchen auf Spritztouren mitnehmen. Mach's gut, Florian, und bleib nicht zu lang da unten, sonst komme ich und hole dich, denn jetzt kann ich wirklich nicht mehr als Rentenflüchtling verhaftet werden.

Und noch etwas Florian. Hier oben sind alle ausnahmslos glücklich und es gibt fast alles, was dass Herz begehrt, weil es kaum etwas gibt, das man sich nicht erträumen kann.

Aber manchmal überkommt mich eine kleine Sehnsucht nach dem, was es hier oben nicht gibt. Nämlich durch einen Jahrmarkt zu schlendern, eine saftige Bratwurst zu essen und mich der Melancholie hinzugeben.

Es ist wunderschön hier oben mit der ewigen Glückseligkeit, aber ein bisserl von der Welt da unten vermisse ich schon. Und natürlich würde ich dich, Florian, gern einmal wiedersehen. Dann könnten wir auch besprechen, wie wir vor dem Jüngsten Gericht Rede und Antwort stehen werden.

Aber ich denke, wir werden mit Aussicht auf Erfolg argumentieren können, dass das Jüngste Gericht für uns gar nicht zuständig sein kann, da es sich bei uns um surreale Reisende und nicht um wirkliche handelt ..."

Scharfsinning wie er nun einmal war, hätte Hyacinth von Pfefferberg vermutlich die Gelegenheit wahrgenommen, einen noch tieferen Blick in die ferne Zukunft zu werfen und gesagt:

„Wenn wir, lieber Florian, die Hürde des Jüngsten Gerichts überwunden haben, dann werden wir, weil es nach dem Jüngsten Gericht keine weitere gerichtliche Instanz mehr geben kann und wird, in völliger Freiheit und völliger Sorglosigkeit mit unserem Flieger durch alle Regionen des Weltalls kreisen können, bis das Weltall alle ist."

Wenn ich es bedenke, kann ich nicht umhin festzuhalten, dass Hyacinth von Pfefferberg, selbst beim Anlegen surrealer Maßstäbe, ein außerordentlich bemerkenswerter Mensch gewesen ist.

Chapeau!

So erlaube ich mir noch eine seiner Aussagen zu zitieren, die er vor sehr langer Zeit einmal, und zwar eher beiläufig, wenngleich nachdenklich gestimmt, äußerte, ohne jedoch hierauf näher einzugehen – vielleicht weil er diese Aussage weniger an mich als an sich selbst gerichtet hatte.

„Herr von Quinz", denn damals konversierten wir noch in der förmlichen Umgangsweise, „wenn ich es auf dem Hintergrund meiner Lebenserfahrung bedenke, so bin ich geneigt festzuhalten, dass der Sinn sich nicht freischwebend im Raum bewegt, sondern an einem seidenen Faden hängt, der jederzeit aufgrund ungünstiger Umstände oder unerwarteter Einwirkungen durchtrennt werden kann.

Es verging ein sehr langer Zeitraum, bis mir die Frage kam, woran der seidene Faden befestigt ist. Denn wenn es keine Form der Befestigung gäbe, wäre der Sinn aus rein logischer Sicht nach wie vor freischwebend. Und sehen Sie, Herr von Quinz, es war für mich eine ganz besondere Entdeckung, auch deshalb, weil ich sie nie mehr vergessen konnte und wohl nie mehr vergessen werde und bis heute nicht nur an sie denke, sondern auch über sie nachdenke, dass der seidene Faden am Unsinn befestigt sein könnte. Daher wäre es denkbar, dass sich eine scheinbar ideale Verkörperung von Sinn unerwartet in einen Unsinn verwandelt; oder, um einen verwandten Begriff zu gebrauchen, einen Unfug. Können Sie, Herr von Quinz, dies nachvollziehen?"

Hyacinth von Pfefferberg sah mich nochmals sehr nachdenklich an, ohne jedoch eine Antwort von mir zu erwarten, und wandte dann schweigend seinen Blick von mir ab, um in die Ferne zu schauen.

Auf das Bild des an einem seidenen Faden hängenden Sinns kam er nie mehr zu sprechen.

Aber mir ist es unvergessen geblieben.

Der Verfasser des Vorwortes Boris C. Motzki

arbeitet als Dramaturg am Staatstheater Mainz und ist

freischaffender Regisseur und Autor.

www.borismotzki.de

www.favouriteplays.de

DANK

Für ihre freudige Bereitschaft, das *Unflug*-Manuskript zu lesen, sich auf das Abenteuer einzulassen, Hyacinth von Pfefferberg und Florian von Quinz auf ihrer surrealen Reise durch große Zeit-Räume zu begleiten und mich zur Veröffentlichung dieses Manuskripts zu ermutigen, danke ich herzlich Alexandra Kohlhammer-Dohr und Boris C. Motzki, dem auch mein besonderer Dank für seine liebenswürdige Bereitschaft gilt, das funkelnde Vorwort dieses Buches zu verfassen.

Dass diese Reise in Form des vorliegenden Buches der verehrten Leser/innenschaft zugänglich gemacht werden konnte, verdanke ich Susanne Kraft, die ihr subtiles

Einfühlungsvermögen in die Erlebniswelt der beiden Reisenden und ihr feines Sprachgefühl dem Text zukommen ließ, sowie Uwe Kohlhammer, dessen künstlerisches Talent dem Text den Glanz eines Layouts vermittelt, von dem ich gewiss bin, dass Hyacinth von Pfefferberg und Florian von Quinz das Buch mit Genuss in der Hand halten und lesen würden, wenn sie, wo auch immer im Weltall, auf Reisen sind.

BÜCHER VON HILDEGUND HEINL UND PETER HEINL

IM THINKAEON VERLAG

Neu erschienen als Buch und als EBook

**UND WIEDER
BLÜHEN DIE ROSEN**

Mein Leben nach dem Schlaganfall

Erstmals erschienen bei Kösel, München, 2001

Heinl, H.: Thinkaeon, London, 2015
(Neuauflage)

Erhältlich über www.Amazon.de

Peter Heinl

›Maikäfer flieg, dein Vater ist im Krieg …‹

Seelische Wunden aus der Kriegskindheit

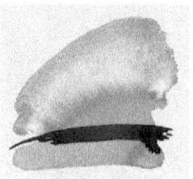

„MAIKÄFER FLIEG,
DEIN VATER IST IM KRIEG …"

Seelische Wunden aus der Kriegskindheit

Heinl, P.: Kösel, München, 1994, (8. Auflage)

Neu erschienen als Buch und als EBook

„MAIKÄFER FLIEG, DEIN VATER
IST IM KRIEG …"

Seelische Wunden aus der Kriegskindheit

Erstmals erschienen bei Kösel, München, 1994

Heinl, P.: Thinkaeon, London, 2015

(Neuauflage)

Erhältlich über www.Amazon.de

142

KÖRPERSCHMERZ-
SEELENSCHMERZ

Die Psychosomatik des Bewegungssystems
Ein Leitfaden

Heinl, H. und Heinl. P.: Kösel, München 2004
(6. Auflage)

Neu erschienen als Buch und als EBook

KÖRPERSCHMERZ-
SEELENSCHMERZ

Die Psychosomatik des Bewegungssystems
Ein Leitfaden

Erstmals erschienen bei Kösel, München, 2004

Heinl, H. und Heinl. P.: Thinkaeon, London, 2015
(Neuauflage)

Erhältlich über www.Amazon.de

Neu erschienen als Buch und als EBook

LICHT IN DEN OZEAN
DES UNBEWUSSTEN

Vom intuitiven Denken zur Intuitiven Diagnostik
Ein Leitfaden in den Denkraum

Heinl, P.: Thinkaeon, London, 2014

Erhältlich über www.Amazon.de

Soon available

LIGHT INTO THE OCEAN
OF THE UNCONSCIOUS

From Intuitive Thinking to Intuitive Diagnostics
A Path into the Realm of Thinking

Heinl, P.: Thinkaeon, London, 2019

Soon available via Amazon

Neu erschienen als Buch und als EBook

SPLINTERED INNOCENCE

An Intuitive Approach to Treating War Trauma

Erstmals erschienen bei Routledge, London-New York, 2001

Heinl, P.: Thinkaeon, London, 2015

(Neuauflage)

Erhältlich über www.Amazon.de

Neu erschienen als Buch und als EBook

SCHLAFLOSER MOND

Im Labyrinth des Chronischen Erschöpfungssyndroms

Heinl, P.: Thinkaeon, London, 2016

Erhältlich über www.Amazon.de

Neu erschienen als Buch und als EBook

LAVATANZ

Worte im schwebenden Raum

Heinl, P.: Thinkaeon, London, 2016

Erhältlich über www.Amazon.de

Neu erschienen als Buch und als EBook

ESTHER K.
GENANNT EMMA

Eine Märchenfantasie

Heinl, P.: Thinkaeon, London, 2016

Erhältlich über www.Amazon.de

Neu erschienen als Buch und als EBook

LICHTSCHNEE

im Wortraum

Heinl, P.: Thinkaeon, London, 2016

Erhältlich über www.Amazon.de

Neu erschienen als Buch und als EBook

DIE TAGE AM WORTSEE

Roman

Heinl, P.: Thinkaeon, London, 2016

Erhältlich über www.Amazon.de

Neu erschienen als Buch und als EBook

VERSECIRCUS

Heinl, P.: Thinkaeon, London, 2016

Erhältlich über www.Amazon.de

Neu erschienen als Buch und als EBook

WEISSES MARIONETTENPFERDCHEN

Theaterspiel

Heinl, P.: Thinkaeon, London, 2017

Erhältlich über www.Amazon.de

Neu erschienen als Buch und als EBook

DIE TÜRME DER ERINNERUNG

Erzählung

Heinl, P.: Thinkaeon, London, 2017

Erhältlich über www.Amazon.de

Neu erschienen als Buch und als EBook

STUFENGESANG

Erzählung

Heinl, P.: Thinkaeon, London, 2017

Erhältlich über www.Amazon.de

Neu erschienen als Buch und als EBook

IM KÄFIG

Theaterstück

Heinl, P.: Thinkaeon, London, 2017

Erhältlich über www.Amazon.de

Neu erschienen als Buch und als EBook

TRAUMBAUM

Gedichte

Heinl, P.: Thinkaeon, London, 2017

Erhältlich über www.Amazon.de

Neu erschienen als Buch und als EBook

DAS ORAKEL DER BRÜCKE

Erzählung

Heinl, P.: Thinkaeon, London, 2017

Erhältlich über www.Amazon.de

Neu erschienen als Buch und als EBook

TINTENMEER

Ein Brief

Heinl, P.: Thinkaeon, London, 2018

Erhältlich über www.Amazon.de

Neu erschienen als Buch und als EBook

DIE KRÖNUNG DER ANHÖHE

Erzählung

Heinl, P.: Thinkaeon, London, 2018

Erhältlich über www.Amazon.de

Neu erschienen als Buch und als EBook

DIE SÄNFTE DES ZUFALLS

Erzählung

Heinl, P.: Thinkaeon, London, 2018

Erhältlich über www.Amazon.de

Neu erschienen als Buch und als EBook

UNFLUG
EINE SURREALE REISE

Heinl, P.: Thinkaeon, London, 2018

Erhältlich über www.Amazon.de

www.ingramcontent.com/pod-product-compliance
Lightning Source LLC
Chambersburg PA
CBHW050348030726
47503CB00008B/2678